Dicke Birnen

Ein Buch für Menschen, die keine Zeit haben, Bücher zu lesen: Das dünne Taschenbuch „Dicke Birnen" ist auch für vielbeschäftigte Zeitgenossen ein nettes Mitbringsel – vielleicht ja zusammen mit echten Birnen oder Früchtebrot? Kurze in sich abgeschlossene Geschichten in großer, lesefreundlicher Schrift laden ein, gleich damit anzufangen – denn solch eine kleine Geschichte ist ja schnell gelesen.

Doch Vorsicht – das Taschenbuch gleicht einer Tafel Schokolade: nur ein Stückchen probieren, dann noch eines und dann gleich die ganze Reihe. Schließlich ist die ganze Tafel aufgegessen! Denn die 26 kleinen, mehr oder weniger autobiografischen Geschichten, augenzwinkernd zu Papier gebracht, reihen sich wie Perlen einer Kette aneinander. Vom kleinen B., der noch nicht sprechen, aber aus voller Kehle schreien kann, über den Schüler, Wehrdienstleistenden und Volontär B. bis zum Familienvater, der im Wohnzimmer keinen Platz mehr für den Christbaum findet.

Der größere Teil ist B.s Kindheit gewidmet, aber auch aus seiner Berufstätigkeit haben es einige Anekdoten in das Buch geschafft. In ein Buch, das Lust macht, die eigenen kleinen Geschichten aus dem Alltag aufzuschreiben, lustige und skurrile, Erlebnisse zum Schmunzeln und zum Staunen – oder ganz einfach Begebenheiten aus dem Alltag, der immer wieder anders ist als geplant.   Iris Hahn (aus: „unterwegs" 26/2018)

Für jedes Lesealter von 9 bis 99.

Bruno Busch

Dicke Birnen

Geschichten von B.

Lektorat: Monika Kreß
Umschlaggestaltung: Jörg Halsema
Autorenfoto: Peter Dörfel

ISBN 978-3-00-061107-0

Für meine Frau und meine Kinder

Inhalt

Lauthals

Als Zweitgeborener wusste B. sich durch-zusetzen. Schon als Baby fand er heraus: Wenn sonst nichts hilft, hilft Schreien. Je lauter, desto besser.

Solange B. nicht sprechen konnte, nahmen Mutter Erdmute, Vater Willibald und B.s großer Bruder Baldus das Gebrüll einigermaßen gelassen hin: „Er kann ja noch nicht sprechen, also schreit er", erklärte Vater Willibald.

Als B. sprechen gelernt hatte, aber immer noch lauthals herumkrakeelte, hielt Baldus sich genervt die Ohren zu, und die Eltern bekamen tiefe Sorgenfalten: „Ist das überhaupt normal und gesund?" Mutter Erdmute wollte es genau wissen: „Ich gehe mit dem Jungen zum Hals-Nasen-Ohren-Arzt."

Der Arzt erkundigte sich freundlich, wo es denn fehle. „Ach, ich fürchte", begann Mutter Erdmute, „das Kind hat einen Gehörschaden." „Wie kommen Sie denn darauf?" „Ja also, B. spricht ziemlich laut, um nicht zu sagen: Er schreit."

Der Arzt leuchtete B. in Hals, Nase und Ohr. Dann schlug er eine Stimmgabel an, so dass sie vibrierte, und hielt sie B. an verschiedenen Stellen an den Kopf. B. sollte die Hand hochhalten, solange er den abschwellenden Ton hörte. B. machte eifrig mit.

Schließlich schüttelte der Arzt den Kopf: „Da ist nichts. Der Junge hört ausgezeichnet." „Und warum schreit er dann so?", ließ Mutter Erdmute nicht locker. „Ich denke, er hat einfach ein lautes Organ", erklärte der Arzt.

Und damit war die Untersuchung beendet.

Als Erwachsener wusste B. seine Lautstärke der Situation anzupassen. Als er einmal vor vielen Leuten eine Ansprache hielt, fiel dem Tontechniker erst am Ende der Veranstaltung auf, dass die Lautsprecheranlage gar nicht eingeschaltet war. Der Techniker entschuldigte sich, doch B. wehrte ab: „Niemand im Publikum hat sich beschwert, also hat auch niemand die Panne bemerkt. Ich habe einfach ein lautes Organ."

Dicke Birnen

In seiner hessischen Heimatstadt lebte das Vorschulkind B. in der Nachbarschaft einer stämmigen Mittvierzigerin mit eigenem Birnbaumgarten. In der Birnenzeit bot sie Vorübergehenden kostenlos von den reifen Früchten an. Allein hätte sie die große Menge auch gar nicht verarbeiten können.

Die dralle Nachbarin, selbst kinderlos, mochte kleine Kinder gern. Namentlich zu B. war sie immer freundlich. Umso mehr wunderte es sie, dass B. stets ablehnte, wenn sie ihm eine Birne anbot.

Eines spätsommerlichen Nachmittags ging B. wieder einmal an der Hand seiner Mutter auf dem Gehweg am Nachbargrundstück entlang. Gutmütig wie sie war, trat die Nachbarin mit einem Korb voller frisch geernteter Birnen an den Zaun und reichte eine davon Mutter Erdmute, die das Geschenk annahm und sich höflich bedankte. Als die Nachbarin eine zweite Birne aus dem Korb hob und B. aufmunternd anschaute, schüttelte der Junge nur stillschweigend den Kopf. Mutter Erdmute bat um Entschuldigung für das Verhalten ihres Sohnes und verabschiedete sich, indem sie nochmals die Großzügigkeit der Birnenspenderin lobte.

Als die beiden außer Hörweite der Nachbarin waren, fragte die Mutter B. nach dem Beweggrund für seine Ablehnung. So etwas sei unhöflich und außerdem esse B. Birnen doch sonst gern.

Da platzte es voller Empörung aus B. heraus: „Aber von dieser Frau nehme ich die Birnen nicht! Oder denkst du, ich will genauso dick werden wie sie?"

Bruderliebe

Liebe geht durch den Magen. Das gilt manchmal auch für Geschwister.

Der kleine B. wurde öfter irgendwo abgegeben, weil zu Hause niemand auf ihn aufpassen konnte. B.s Vater war auf der Arbeit, B.s Mutter anderweitig unterwegs, B.s großer Bruder musste in die Schule und B. selbst war noch zu jung, um allein zu bleiben.

B.s Lieblings-Abgabestelle war bei Tante Gisela. Sie war keine leibliche Verwandte, sondern nur eine Bekannte. Aber B. durfte sie Tante nennen. Und wenn es hieß: „Heute müssen wir dich mal wieder abgeben", freute sich B., wenn Tante Gisela das Ziel war.

Tante Gisela hatte auch eigene Kinder, eine Tochter und einen Sohn. Beide waren älter als B., aber in ihren Zimmern warteten viele schöne Dinge, mit denen B. spielen durfte. Tante Giselas Familie besaß – im Gegensatz zu B.s Familie – ein eigenes Haus mit Garten, wo es viele Abenteuer zu erleben gab. Und zu einem Tag bei Tante Gisela gehörte immer ein Gang in die Stadt zum Einkaufen.

Höhepunkt des Einkaufengehens war für B. der Besuch in der Metzgerei. Wenn Tante Gisela sagte: „Wir gehen jetzt zum Fleischer", wusste B. genau, was geschehen würde.

Geduldig wartete er, bis die Tante ein-gepackt und bezahlt hatte, was sie an Wurst- und Fleischwaren brauchte. Dann kam B.s gro-ßer Augenblick: Zum Abschluss des Einkaufs schnitt die Verkäuferin eine Scheibe von einer Fleischwurst ab, beugte sich damit zu B. über die Theke und reichte ihm die Wurst mit einem aufmunternden „Für dich!". B. strahlte, nahm die Wurst, sog den köstlichen Fleischwurst-geruch ein und sagte artig: „Danke!"

Aber statt einfach rein zu beißen, erklärte er – den Blick erst auf die Wurst, dann auf die Verkäuferin gerichtet – mit Nachdruck: „Ich hab noch einen Baldus." Tante Gisela räusperte sich und schüttelte verlegen den Kopf. Aber die Verkäuferin verstand: „Baldus ist dein Bruder?" B. nickte hoffnungsvoll. „Selbstverständlich kriegt der auch ein Rädchen von der Fleischwurst!", rief die Verkäuferin fröhlich, schnitt eine zweite Scheibe ab und packte sie in Frischhaltepapier ein. Mit einem: „Da – für Baldus!" reichte sie das Päckchen über die Theke. B. nahm es, nickte zufrieden und wandte sich mit der immer noch kopfschüttelnden, aber gleichzeitig amüsiert grinsenden Tante Gisela dem Ausgang zu.

Apfelsaft

B aby angucken" war für B. von klein auf so etwas wie ein Hobby, das er mit sportlichem Eifer betrieb. Kam ihm eine Familie mit einem Kinderwagen entgegen, musste er einen Blick hineinwerfen. Und war gar in der eigenen Verwandtschaft oder im näheren Bekanntenkreis ein Baby angekommen, konnte B. es kaum erwarten, dem neuen Erdenbürger einen Besuch abzustatten.

So war es auch, als in der Kirchengemeinde bekannt gegeben wurde, dass sich die Eltern Hartmann über die Geburt ihres Sohnes Gernot freuten. Natürlich musste B. diesen Gernot unbedingt kennen lernen. Er quengelte so lange, bis seine Eltern sich endlich mit ihm auf den Weg zu Familie Hartmann machten.

21

Obwohl es ein unangemeldeter Besuch war, freuten sich die Hartmanns sichtlich darüber. Während Gernot friedlich in der Wiege schlief, holte Vater Hartmann aus der Küche zur Erfrischung Getränke: für die Erwachsenen Apfelwein – man war schließlich in Hessen –, für B. Apfelsaft. „Der schmeckt aber komisch", flüsterte B. seiner Mutter zu. „So was sagt man nicht, wenn man Gast ist", flüsterte die Mutter zurück. Herr Hartmann war hellhörig geworden: „Stimmt irgendetwas nicht?", fragte er. B.s Mutter beruhigte ihn: „Ach geben Sie nichts darauf, Kinder wissen manchmal nicht, was sie plappern …"

Inzwischen war Klein-Gernot aufgewacht und die Runde hatte ein neues Thema. B. bestaunte entzückt die kleine Stupsnase, das Mündchen und die winzigen Finger.

Als es Zeit zum Aufbrechen war, verschwand Vater Hartmann noch einmal kurz in der Küche. Etwas bleich im Gesicht kam er wieder heraus und wandte sich kleinlaut an B.s Eltern: „Ich muss mich bei Ihnen entschuldigen. Ich hatte doch tatsächlich in Ihre Gläser den Apfelsaft eingeschenkt und B. hat den Apfelwein bekommen!"

Babys guckte sich B. auch als Erwachsener noch mit großer Freude an. Mit seinen eigenen Kindern ging er bisweilen auf die Entbindungsstation des schwäbischen Krankenhauses, in dem sie zur Welt gekommen waren, und zeigte ihnen durch die Glasscheibe die Neugeborenen. Anschließend gab es dann für jedes Familienmitglied im Krankenhaus-Café ein Glas Apfelsaft. Wenn B. aber zurück ins Hessische kam, bestellte er sich immer wieder gerne einen Apfelwein.

Einschulung

Wie sehr hatte B. auf seinen ersten Schultag hin gefiebert! Endlich groß sein, endlich dazugehören, endlich lesen und schreiben lernen ...

Und dann war da ja noch die Schultüte. Wie neidisch war der kleine B. gewesen, als der große Bruder Baldus damals seine Schultüte bekommen hatte. Die Eltern hatten ein Einsehen und schenkten B. eine Mini-Schultüte, die er tagelang stolz mit sich herumtrug.

Nun bekam er endlich seine eigene „richtige" Schultüte. Mit ihr und den Eltern ging B. zur Schulanfangsfeier. Dort gab es ein zweites sicheres Erkennungszeichen dafür, dass der Ernst des Lebens begann: die Schulbrezel.

Mmh, wie die duftete – frisch vom Bäcker. An ihr war ein rotes Schleifenband befestigt, mit dem man sie sich um den Hals hängen konnte. Was B. auch tat. Aber die Brezel duftete allzu verlockend. Und weil ein echter Schulbub großen Hunger hat, biss B. einmal kräftig hinein. Erst danach wurde allerdings das Einschulungsfoto gemacht. Und so kam es, dass B. auf seinem Einschulungsfoto nicht nur seine Schultüte im Arm hält, sondern auch eine Brezel um den Hals hängen hat mit einer Aussparung, die da eigentlich nicht hingehört. So weit, so gut.

16 Jahre später wurde die Computerfirma „Apple" gegründet. Und jetzt erahnen wir, woher die Vorlage zu dem angebissenen Apfel im Logo dieser Firma stammen könnte.

Singvogel

Die Gummistiefel seines Bruders Baldus waren B., gerade sieben Jahre alt, noch viel zu groß. Trotzdem musste er sie anziehen, denn die eigenen waren ihm zu klein geworden und die Eltern hatten nicht das Geld, jedem Kind jedes Jahr neue Gummistiefel zu kaufen.

Auf der Treppe zwischen dem ersten Stockwerk und dem Erdgeschoss des Mehrfamilienhauses, in dem die Familie wohnte, verlor B. in den zu großen Gummistiefeln den Halt. Mutter Erdmute, die hinter ihm ging, konnte den Sturz nicht verhindern. B. fiel die Treppe hinunter und mit dem Kopf voran durch eine Trennwand aus Eisblumenglas, die zu der Wohnung im Erdgeschoss gehörte.

Ein Rettungswagen brachte den Verletzten ins Krankenhaus. Diagnose: Gehirnerschütterung, Schädelbruch, Schädelbasisbruch. Die Wunde am Kopf wurde genäht. Eine lange Narbe blieb zurück. Außerdem bestand die Gefahr einer Hirnhautentzündung. Doch weil das Krankenhaus überfüllt war, fuhr der Rettungswagen B. am selben Abend wieder nach Hause.

An den nächsten Tagen wurde B. mehrmals zur Kontrolle ins Krankenhaus und wieder zurück gefahren. Die Touren im Rettungswagen fand er prima. Liegen bleiben zu müssen, fiel ihm hingegen zunehmend schwer.

Das bemerkte auch Mutter Erdmute, die bald wieder auf die Arbeit gehen musste, um ihren Job nicht zu verlieren. Sie überlegte hin und her: Mit einem Haustier wäre B. nicht so allein. Doch ein Haustier besaß die Familie nicht. Wer sollte sich auch darum kümmern, während die Eltern arbeiteten und die Kinder in der Schule waren?

Dicke Birnen

Eine Woche nach dem Unfall kam Mutter Erdmute mittags mit Hansi nach Hause. Hansi war ein gelber Kanarienvogel. Erdmute hatte nur den Käfig, den Bodensand und das Futter bezahlen müssen. Den Vogel hatte sie geschenkt bekommen. Kaufen wollte ihn nämlich niemand. Der Grund: Der Singvogel sang nicht. Über die Ursache dafür wusste auch der Zoohändler nichts Genaues. Er wusste nur, dass Hansi nicht sang – und das schon seit längerem.

Für B. verging die Zeit mit Hansi schneller und nicht mehr so eintönig wie vorher. Die Mutter hatte den Vogelkäfig auf eine Kommode neben dem Fenster gestellt. B. beobachtete, wie sein gefiederter Freund von einer Stange zur anderen flog, auf die Schaukel, zum Fressnapf und an die Tränke hüpfte. B. sprach mit Hansi und erzählte ihm Geschichten. Hansi hörte aufmerksam zu. Und wenn B. einmal nichts zu erzählen wusste, sang er dem Vogel Lieder vor, die er im Kindergarten, in der Schule, von Bruder Baldus oder von den Eltern gelernt hatte.

Eine weitere Woche war vorüber. B. hatte Hansi gerade wieder eine Geschichte aus seinem Kinderleben erzählt, als das Unerwartete geschah: Dem ersten „Piep" aus der Kehle des kleinen Vogels folgte ein zweiter. Erst zaghaft, dann immer sicherer und klarer, fügte Hansi einen Ton an den anderen. B. klopfte das Herz vor Freude bis zum Hals. Hansi konnte also doch singen! Piepen zumindest. Und wenn B. genau hin hörte, ergab das Piepen sogar eine kleine Melodie.

Begeistert berichtete B. den heimkommenden Eltern und dem Bruder von der Überraschung. Aber Mutter Erdmute, Vater Willibald und Bruder Baldus glaubten ihm nicht. Denn inzwischen saß Hansi wieder genauso stumm wie immer auf seiner Stange. Keinen einzigen Laut gab er von sich. B. war enttäuscht. Von seiner Familie, weil sie ihm nicht glaubte. Aber auch von Hansi.

Am nächsten Tag wiederholte sich alles: Kaum waren B. und Hansi allein in der Wohnung, begann der Vogel zu piepen, sogar noch flotter und fröhlicher als am Tag zuvor. Als wollte er sich für die Zuwendung von B. bedanken und seinen Beitrag zur Genesung des Jungen leisten. Doch sobald Baldus aus der Schule und die Eltern von der Arbeit kamen, wurde Hansi stumm.

Am dritten Tag verabschiedete sich Mutter Erdmute wie üblich von B., verließ das Zimmer, durchquerte mit den Schuhen klappernd den Flur, öffnete die Wohnungstür und ließ sie deutlich hörbar ins Schloss fallen. Sie hatte die Wohnung aber gar nicht verlassen, sondern stand immer noch im Flur und verhielt sich mucksmäuschenstill. Und dann hörte sie mit eigenen Ohren, wie Hansi begann, B. seine bisher schönste Arie vorzusingen. War das eine Freude! Erdmute konnte nicht anders – sie musste ins Zimmer zurückkehren, um sich davon zu überzeugen, dass es wirklich der Gesang von Hansi war und nicht etwa eine Vogelstimme aus dem Radio.

Am Ende dieses Tages versammelte sich die Familie zum Singen des Abendliedes rings um den Vogelkäfig. Und Hansi sang zum ersten Mal mit.

Dank des Kanarienvogels und seines Gesangs wurde B. schneller gesund als gedacht. Und seit damals besaß in der Familie von B. immer jemand einen Vogel als Haustier.

Malkasten-Wunder

Von klein auf war B. eine echte Heulsuse. Schon früh hatte er gelernt: Weinen tut nicht nur gut, wenn man sich wehgetan hat oder einem sonst etwas Schlimmes widerfahren ist. Das Weinen kann auch ein ziemlich sicheres Mittel sein, wenn man etwas haben oder durchsetzen möchte, was einem sonst verweigert würde. Und es kann den Weg zum Ziel erheblich abkürzen.

B. heulte zu Hause, bei Verwandtenbesuchen, beim Spielen mit anderen Kindern, beim Einkaufen mit den Eltern und im Kindergarten. Und weil B. darin so viel Übung hatte und so erfolgreich war, hörte er damit auch nicht auf, als er in die Schule kam.

In den ersten beiden Grundschuljahren hatte er eine sehr verständnisvolle ältere Lehrerin, die er heiß und innig liebte und die diese Liebe erwiderte – unter anderem, indem sie sich ihm zuwandte und ihn tröstete, sobald er zu weinen begann oder auch nur um Aufmerksamkeit heischend schluchzte. Es gibt zahlreiche Arten des Weinens – vom nahezu unhörbaren In-sich-hinein-Schlucken bis zum ohrenbetäubenden Geschrei – und B. beherrschte sie alle!

Die Klassenstufen 3 und 4 sollten auf die weiterführenden Schulen vorbereiten. Rolf Kasteleiner, frisch von der Hochschule kommend, erschien dem Schulleiter dafür genau richtig. B. heulte weiter, aber seiner Lehrerin aus den Klassenstufen 1 und 2 weinte er bald keine Träne mehr nach. Er war so begeistert von dem neuen Lehrer, dass er beschloss, selbst einmal Lehrer zu werden. Auf die Frage, wie er sich diesen Berufswunsch erfüllen konnte, erklärten ihm seine Eltern, dass Lehrer als Voraussetzung zum Studium das Abitur brauchten. Von da an wusste B., dass er nach der vierten Klasse aufs Gymnasium in der Kreisstadt gehen wollte, die sieben Kilometer entfernt lag.

B. lernte fleißig, um sein Ziel zu erreichen. Für seine Leistungen bekam er auch entsprechend gute Noten. Im Gespräch mit den Eltern äußerte sich Lehrer Kasteleiner trotzdem zurückhaltend. B. sei doch noch recht zierlich und vielleicht zu zart besaitet, um als Pendelschüler auf der höheren Schule zu bestehen.

Die Eltern schlugen B. vor, erst ein Jahr lang im Heimatort die Realschule zu besuchen. Doch B. heulte eine ganze Nacht hindurch und errang so die Zustimmung dafür, direkt aufs Gymnasium zu wechseln. Vater Willibald drohte allerdings, ihn sofort zurückzuholen, falls es dort zu Schwierigkeiten kommen sollte. Auch Rolf Kasteleiner blieb skeptisch. Als Heulsuse wollte er B. nicht in die Kreisstadt schicken.

Wenige Wochen, bevor der Klassenlehrer seine Empfehlung für die weiterführende

Schule abgeben musste, hatte B. seinen Malkasten vergessen, der im Unterricht gebraucht wurde. B. tat, was er in solchen Fällen immer tat: Er weinte.

Mitschüler Erhard meldete brav dem Lehrer: „Herr Kasteleiner, B. weint. Er hat seinen Malkasten vergessen." Normalerweise hätte Rolf Kasteleiner nun einen Schlüssel aus der Tasche gezogen, damit Erhard einen Ersatz-Malkasten holen konnte und B. sich wieder beruhigte. Stattdessen sagte er: „B. weiß genau, dass Malkästen im Klassenschrank sind und von wem er den Schlüssel dazu bekommt."

Von dem Gespräch war B. kein Wort entgangen. Zweimal schluchzte er noch auf, dann wischte er die Tränen ab. Mit gesenktem Haupt ging er nach vorn zum Lehrer, beichtete sein Versäumnis und hielt binnen weniger Sekunden einen Ersatz-Malkasten in Händen. Wie eine Trophäe trug er ihn an seinen Platz.

Seit diesem Malkasten-Wunder weinte B. während seiner gesamten Schulzeit nie wieder.

Fahrrad-Fahrschule

Sein erstes und gleich nagelneues Fahrrad bekam B. von seinen Eltern zum elften Geburtstag. Bis dahin hatte ihm ein Roller als fahrbarer Untersatz gedient.

Wer konnte B. nun das Fahrradfahren beibringen? Seine Eltern besaßen keine Fahrräder und hatten – seit B. sich zurückerinnern konnte – auch niemals auf einem Fahrrad gesessen. Aber er hatte ja einen großen Bruder, der Rad fahren konnte! Also quengelte B. solange, bis sein Bruder sich mit ihm und dem neuen Fahrrad auf den Weg machte.

Zum Üben diente damals eine Straße in einem nahen Industriegebiet. Es war Wochenende und die Straße war wenig befahren.

B. ließ sich erklären, was er tun musste, und stieg mutig auf. Das Problem war die Balance. Aber da war ja der Bruder. Und während B. die ersten Male zaghaft in die Pedale trat, lief sein Lehrer hinterher und hielt mit beiden Händen am Gepäckträger das Fahrrad senkrecht.

Wie stolz war B., als er endlich spürte, dass er auch allein die Balance halten konnte. „Du kannst loslassen!", rief er nach hinten seinem Bruder zu. Und der Bruder ließ los.

Irgendwann kam das Ende der Straße in Sicht und B. bekam einen Riesenschreck: Das Anhalten hatte er noch nicht geübt! Ein Blick nach hinten belehrte ihn, dass sein Bruder weit zurückgeblieben war. Was nun?

In die nächste Straße einbiegen wollte B. auf keinen Fall. Außerdem war ihm klar, dass er das Problem dadurch nur verschieben würde: Irgendwann würde eine Straßenecke kommen, an der er anhalten musste. Also tat er das einzige, was ihm in diesem Moment einfiel: Er ließ sich samt Fahrrad zur Seite kippen.

Dicke Birnen

Mit einem aufgeschlagenen Ellbogen und einem Fahrrad, das mit Kratzern am Schutzblech nicht mehr ganz so neu aussah, trottete B. die Straße zurück. Sein Bruder erklärte ihm die Bremsen – zusätzlich zur Handbremse gab es noch die Rücktrittbremse – und das Absteigen. Damit war die Fahrrad-Fahrschule beendet.

Jahre später brachte B. seinen eigenen Kindern das Fahrradfahren bei. Und damit ihnen nicht dasselbe passierte wie ihm, erklärte er immer als erstes die Bremsen und das Absteigen.

Mitgucken

In Sachen Kommunikation und Medien waren B.s Eltern eher rückständig. Damit stellten sie in den 1950er- und 1960er-Jahren keine Ausnahme dar. Denn an Computer, Tablets, Handys oder gar Smartphones war noch nicht zu denken.

Ein Zugeständnis an das neue Zeitalter der Kommunikation war ein Telefon mit Drehscheibe zum Wählen der Rufnummern von lieben, aber weit entfernt wohnenden Verwandten, Haus- und anderen Ärzten oder Behörden, Kindergärten, Schulen.

Und: Ein Radio gab es auch. Ein Monstrum im Holzgehäuse, das auf einem entsprechend breiten Regalbrett in der Küche thronte und aus dem regelmäßig, vor allem am Morgen und Abend, die Nachrichten tönten. Die Rechtfertigung von B.s Eltern dafür hieß: Es könnte ein Krieg ausbrechen und dann müsste man schleunigst die Vorratsschränke auffüllen.

Für das Vorschulkind B. war klar gewesen: Hinter dem goldbraunen Stoffbezug der Vorderseite des Radios befand sich der Kopf des Nachrichtensprechers; wo der restliche Körper des armen Mannes steckte, vermochte B. sich nicht vorzustellen – in die Wand eingemauert etwa, draußen an der frischen Luft baumelnd oder womöglich eingeklemmt in die Elektrokabel, die das Radio mit Strom versorgten.

Als Grundschüler legte B. diese kleinkindlichen Vorstellungen ab. Er ließ sich von der Leistungskraft unsichtbarer Ätherwellen überzeugen und hörte mit wachsendem Eifer Sendungen des Schul- und Kinderfunks, was Vater und Mutter ihm nach anfänglichem Zögern zugestanden.

Einen klaren Standpunkt vertraten B.s Eltern, als das Fernsehen – damals ausschließlich schwarzweiß – in den Haushalten der Verwandtschaft und bei den Nachbarn Einzug hielt: „So ein Kasten kommt uns nie und nimmer in die eigenen vier Wände!", hieß es. Denn Fernsehen sei Teufelszeug, überflüssig und reine Zeitverschwendung.

Zuweilen ertappte sich B. in dieser Zeit bei neidischen Blicken in fremde Wohnzimmer, in denen es bläulich flimmerte.

Was war es für ein Fest, als die Eltern von B.s Lieblingsvetter Wolfgang den ersten Fernseher anschafften! Von da an hatte B. einen Anlaufpunkt nicht nur zum Spielen, sondern auch zum Anschauen von Kinderserien und Quiz-Sendungen. Und als die Familie von Cousine Elke ebenfalls zum Fernsehen einlud, hatte B. sogar die Auswahl, wo er welche Folge anschauen wollte.

Mit der Begründung, dass B. abends noch nicht allein nach Hause gehen durfte, kam B.s

Mutter und irgendwann auch B.s Vater mit, wenn samstags Hans-Joachim Kulenkampff oder Peter Frankenfeld ihre Spiel-Shows zeigten. Trotzdem beharrten B.s Eltern darauf, dass die eigene Wohnung fernsehfrei blieb.

Bis, ja bis B.s großer Bruder sich mit B. zusammentat und die beiden einen Plan ausheckten, der alles änderte. Inzwischen befand sich der Bruder in der Berufsausbildung und B. besuchte die weiterführende Schule, wo bestimmte Fernsehsendungen sogar im Unterricht besprochen wurden. „Erlaubt ihr es, wenn wir von unserem eigenen Geld einen Fernseher kaufen und in unserem Zimmer aufstellen?"

Nach dieser Frage fing die elterliche Ablehnungsfront ganz langsam an zu bröckeln. Das anfängliche entschiedene „Nein!" wich dem ausweichenden Hinweis: „Von B.s Taschengeld und dem bisschen Geld von der Lehre könnt ihr euch doch gar kein solches Gerät leisten." Denn damals musste man für die Berufsausbildung zwar nicht mehr bezahlen, wie es früher üblich gewesen war, aber die Vergütung war sehr gering.

Trotzdem: Eines Tages kam B.s großer Bruder mit einem riesigen Röhren-Fernseher an, den er preisgünstig im Gebrauchtwarenladen „Billiger Jakob" erstanden hatte und der gerade mal so auf den Schreibschrank im Kinderzimmer passte.

Von da an durfte B. jeden Freitag nach dem Baden und vor dem Zu-Bett-Gehen noch einen Gute-Nacht-Krimi sehen. Und bevor am Samstag „Einer wird gewinnen" oder „Vergissmeinnicht" begann, klopfte es pünktlich um Viertel nach acht an die Kinderzimmertür. Da standen dann die Eltern, beladen mit Erdnüssen, Schokoladenplätzchen und Cola, und fragten leise, ob sie mitgucken durften.

Laufmaschen-Stückchen

Nylonstrümpfe waren teuer. Sie gingen aber auch schnell kaputt: Sobald ein spitzer Gegenstand sie berührte, rissen sie ein und bekamen „Laufmaschen".

Aus diesem Umstand bestritt Elisabeth Horn ihren Lebensunterhalt. Sie besaß eine kleine, elektrisch angetriebene Repassiermaschine, „Made in USA", mit der sie Laufmaschen aufnehmen und Nylonstrümpfe reparieren konnte. Die Besitzerinnen brachten ihr die kaputten Strümpfe einzeln oder gesammelt in Papiertüten.

Die Reparatur kostete wenige Pfennige pro Laufmasche – die Menge machte den Gewinn. In Einzelfällen schickte Elisabeth einen Strumpf auch unrepariert zurück, weil das Reparieren teurer gewesen wäre als ein Neukauf.

Da das Zurückschicken per Post die Dienstleistung zusätzlich verteuert hätte, beschäftigte Elisabeth Kinder und Jugendliche damit, die reparierten Strümpfe zu den Kundinnen zu bringen – mit dem Fahrrad, mit dem Roller oder auch zu Fuß. Pro Tüte gab es zwischen 5 und 10 Pfennig „Lohn" für das Zustellen. Viele Kundinnen gaben noch einmal genauso viel „Trinkgeld" dazu. Das summierte sich. Elisabeth erzählte gern, dass mancher ihrer Ausfahrer sich auf diese Weise schon seinen Konfirmationsanzug zusammengespart hatte.

Auch B. besserte sein Taschengeld auf, indem er für Frau Horn Strümpfe ausfuhr. An dieser Stelle muss erwähnt werden, dass Elisabeth keine Kostverächterin war. Das Kochen und das Backen waren ihre Hobbys. Das Problem war, dass sie allein lebte und das Gekochte und Gebackene in aller Regel auch allein aufaß. Entsprechend korpulent war sie. Aber sie war auch gutmütig. An einem warmen Sommertag

hatte sie einen Tortenboden mit frischen Erd-
beeren belegt. Sie fragte B., der an diesem Tag
Ausfahr-Dienst hatte, ob er ein Stückchen von
dem Kuchen abhaben wollte. B. mochte Erd-
beeren gern und nahm das Angebot an. Überrascht war er, als Frau Horn den Tortenboden
mit dem Kuchenmesser in vier gleiche Teile
schnitt. Mit der Tortenschaufel hob sie einen
Teil – also ein Viertel des Kuchens! – auf einen
Kuchenteller für B. und einen weiteren auf einen Teller für sich selbst.

Seither heißen in B.s Familie besonders
große Kuchenstücke nur noch Laufmaschen-
Stückchen.

Berufswahl

Wer nichts wird, wird Wirt, Landwirt oder Gastwirt. Doch ist ihm dieses nicht gelungen, so reist er in Versicherungen. Und wenn das alles nichts ist, dann wird er Journalist. Sagt man.

Seit seiner Grundschulzeit wollte B. Lehrer werden. Er brauchte eine durchheulte Nacht, um seine Eltern dazu zu bringen, ihn aufs Gymnasium in der sieben Kilometer entfernten Kreisstadt zu schicken. Und weil Mutter Erdmute keine halben Sachen machte, brachte diese Entscheidung für den vierköpfigen Haushalt der Familie durchgreifende Änderungen mit sich. Der Umzug von der Zwei-Raum-Mansardenwohnung in der Oberen Bergstraße in eine Drei-Raum-Wohnung in Bahnhofsnähe bescherte B. und seinem Bruder Baldus das erste eigene Kinderzimmer. Von ihrem Zuverdienst kaufte die Mutter dort hinein einen so genannten mitwachsenden Schreibtisch, der auf die jeweilige Körpergröße eines Kindes einstellbar war und dessen Tischplatte zum Zeichnen schräg gestellt werden konnte. Derart gerüstet, startete B. ins Gymnasiastenleben.

B. lernte Englisch und Latein und entdeckte seine Freude an allem, was mit Sprache zu tun hatte. Auch in den anderen Fächern brachte er gute Noten heim, einzig im Sport reichte es lediglich zu „Ausreichend".

Zusätzlich zum vorgeschriebenen Unterricht besuchte B. eine Französisch-Arbeitsgemeinschaft auf freiwilliger Basis. Der erste Leiter, Christof-August Frühlinger, kandidierte wenige Wochen nach dem Beginn des Kurses als Parlamentsabgeordneter, wurde gewählt und fiel damit als Lehrer aus.

Im Schuljahr darauf gab es einen neuen Anlauf mit einem gewissen Dr. Eberhard Bährling.

Dieser provozierte durch seine pädagogische Unbeholfenheit die Teilnehmer zu immer neuen Streichen, die das Experiment endgültig platzen ließen. Und in B. reifte die Erkenntnis: Bei solchen Schülern, wie wir es sind, will ich kein Lehrer werden.

Dass er auf einmal nicht mehr wusste, welchen Beruf er anstreben sollte, hatte für B. einen Einbruch bei den Zensuren zur Folge. Plötzlich interessierte er sich mehr für Politik als für die Schule. Daraus wiederum resultierte sein erster und einziger Leserbrief an seine Heimatzeitung. Die Zeitungsveröffentlichung erinnerte ihn daran, dass er als Lehrer ein Multiplikator werden wollte für das, was ihm wichtig war. Und blitzartig wurde ihm klar: Das konnte er auch als Journalist sein, jedoch mit einem sehr viel größeren Publikum als einer Schulklasse.

Mit dem Leserbrief als Arbeitsprobe bewarb sich B. nach bestandenem Abitur bei besagter Heimatzeitung und bekam prompt eine Anstellung als Redaktionsvolontär.

Bruno Busch

So begann eine Berufskarriere, deren Vorge-
schichte die Behauptung untermauert, dass
Journalisten nichts anderes sind als verkrachte
Existenzen.

Erste Fahrstunde

Na, dann fahren Sie mal los!" Der Fahrlehrer machte es sich auf dem Beifahrersitz bequem. B. passte den Sitz an und stellte die Rückspiegel ein. Aber wie jetzt weiter? B. hatte keine Ahnung und sagte das auch. Der Fahrlehrer runzelte die Stirn: „Sie werden mir doch nicht erzählen wollen, dass Sie noch nie Auto gefahren sind?" Doch genau so war es. B.s Vater hatte zwar einen Kleinbus, der zum Transport von Kleinmöbeln und anderen sperrigen Gütern diente. Aber er besaß keinen Führerschein, sondern er ließ sich fahren; so hatte er gleich immer jemanden dabei, der mit anpackte. B.s großer Bruder hatte zwar einen Führerschein, wäre aber nie auf die Idee gekommen, „dem Kleinen" das Autofahren beizubringen. Und in B. war der Wunsch, Auto zu fahren, nie groß genug gewesen, um irgendeinen Auto- und Führerscheinbesitzer zu bitten, ihn doch mal fahren zu lassen.

„Den Schlüssel ins Schlüsselloch stecken, einmal drehen, dann springt der Wagen an!" B. versuchte es. Der Motor tat einen kurzen Hüpfer und ging gleich wieder aus. „Handbremse lösen, Kupplung treten!", kommandierte der Fahrlehrer. „Wo ist denn die Kupplung?", fragte B. „Der Fußhebel links. Sie kennen sich ja tatsächlich überhaupt nicht aus. Und die Kupplung langsam kommen lassen, sonst wird das nichts."

Nach etlichen Versuchen klappte es und das Auto bewegte sich vorwärts. Lenken war gar nicht so schwer. Aber beim ersten Bremsen gab der Motor schon wieder auf. Allmählich ahnte B., wofür die Kupplung gut war.

Die erste Fahrt führte auf der schnurgeraden Bundesstraße aus der Stadt hinaus. Eigentlich ganz einfach. Doch die Fahrbahn fiel plötzlich leicht ab und eine Eisenbahnbrücke kam in Sicht. Darunter hindurch fahren? B. brach der Angstschweiß aus. Beherzt stieg er aufs Bremspedal: Vollbremsung.

Der Fahrlehrer fluchte: „Ein Glück, dass in diesem Augenblick niemand hinter uns war. Sonst wäre der aufgefahren! Warum – um alles in der Welt – haben Sie denn so plötzlich gebremst?" „Ich hab Angst gekriegt." „Na, das kann ja was werden mit Ihnen …"

Es wurde was. Wenige Wochen später trat B. zur Führerscheinprüfung an. Aber das ist eine andere Geschichte.

Fahrprüfung
mit Hindernissen

Als B. zur Führerscheinprüfung antrat, fanden die theoretische und die praktische Prüfung noch am selben Tag statt. Im Prüfungssaal auf dem Gelände des Technischen Überwachungs-Vereins (TÜV) herrschte nach dem Austeilen der Fragebögen gespannte Ruhe. Die Fragen waren zwar bekannt und auch alle irgendwann im Fahrschul-Unterricht besprochen worden. Aber wie leicht konnte eine geschilderte Situation falsch gedeutet, wie schnell konnten ähnliche Vorschläge für eine Antwort verwechselt werden. B. fiel das Beispiel von dem Gefahrenzeichen „Unebene Fahrbahn" ein. Ein Bauer aus dem Westerwald hatte dieses Verkehrszeichen einmal mit dem

Begriff „Hubbeliger Wech" erklärt und war prompt durch die Prüfung gefallen, wenn auch nicht nur wegen dieses einen Fehlers. B. strengte sich an, auf die korrekten Bezeichnungen zu achten.

Die Auswertung der Fragebögen verlief zügig. Der Prüfer benutzte eine Schablone, um festzustellen, ob die richtigen Kästchen angekreuzt waren. Auch die übrigen schriftlichen Antworten waren bald überprüft: Alle Teilnehmer hatten bestanden!

Als erste zur praktischen Prüfung an die Reihe kam eine junge Frau, die B. nicht kannte. Sie kam aus einer anderen Fahrschule und startete mit einem Fahrzeug von dort. Auf dem Hof des TÜV-Geländes ging alles gut. Aber an der Ausfahrt zur Straße verwechselte die junge Frau vor lauter Aufregung das Brems- und das Gaspedal. Statt den fließenden Verkehr abzuwarten, schoss ihr Fahrzeug durch das Tor und prallte mit voller Wucht auf einen vorbeifahrenden Pritschenwagen. Das Fahrschulauto war kaputt und die praktische Prüfung dieser

Fahrschülerin beendet. Ein ernüchterndes Erlebnis für die übrigen Prüflinge, die das Ereignis beobachtet hatten.

B.s Fahrschule war als nächstes an der Reihe. B. ließ einer 60-jährigen Dame den Vortritt. Sie hatte ihrem Mann versprochen, im Ruhestand endlich die Führerscheinprüfung nachzuholen, damit beide sich auf langen Strecken abwechseln konnten. Es wurde eine gemütliche Tour durch die Stadt, bis der Fahrlehrer die Fahrerin vor einer Abbiegung anwies, den Blinker zu setzen. Das tat sie, aber der Fahrlehrer war nicht zufrieden. Er bat die Frau, mitten auf der Straße anzuhalten, und fragte, ob sie nicht etwas vergessen hätte. Sie verneinte. Er fragte noch einmal, aber die Frau verneinte wieder. Da erinnerte der Fahrlehrer sie an den Schulterblick: Vor dem Abbiegen musste sich der Fahrer durch einen Blick zurück über die Schulter vergewissern, dass sich kein anderes Fahrzeug im „toten Winkel" befand. An diesen Schulterblick hatte die Frau nicht gedacht und deshalb war sie durchgefallen. Da half all ihr Jammern nichts, zumal ihr der Fahrlehrer zwei Chancen gegeben hatte, den Fehler zu korrigieren.

Nach zwei gescheiterten Prüfungen durfte der zitternde B. als Dritter sein Glück versuchen, Einparken und Anfahren am Berg eingeschlossen. Ein sichtlich erleichterter Prüfer unterschrieb am Ende die erste Fahrerlaubnis dieses Tages.

Eingeschneit

Als Wehrdienstleistender bei der Bundeswehr war B. „heimatnah" stationiert. Zwischen dem Wohnort seiner Eltern und der Kaserne lagen allerdings die Höhen des Westerwaldes. Und die konnten in der kalten Jahreszeit unangenehm werden.

B. war das egal, denn sein NSU „Prinz" besaß neue Winterreifen. Also waren Schnee und Eis kein Problem. Dachte B. – bis zu jener Nacht.

Aus irgendeinem Grund war er an diesem Abend im feinen Ausgehanzug unterwegs. Der Stoff war zwar eher für sommerliche Temperaturen geeignet, doch im Auto gab es ja eine Heizung.

B. fuhr eine Umgehungsstraße bergauf, als er den Lastzug entdeckte. Der vordere Teil stand quer. B. stoppte und schaltete die Warnblinkanlage ein. Es schneite in dichten Flocken. Kaum war der Motor ausgeschaltet, kroch die Kälte der Nacht ins Wageninnere. Im Rückspiegel sah B. die Scheinwerfer nachfolgender Fahrzeuge. Direkt hinter ihm kam eins zum Stehen – gerade noch rechtzeitig, aber quer zur Fahrbahn wie der Lastzug.

B. saß fest. Bis 22 Uhr musste er in der Kaserne sein oder Bescheid geben, wenn es bei ihm später wurde. Die Fahrzeit hatte er ziemlich knapp kalkuliert. Was tun? Mobiltelefone gab es noch nicht. Aber B. wusste: Gleich oben auf dem Berg war das nächste Dorf mit einer Telefonzelle in der Ortsdurchfahrt. Ein Blick auf die leere Rückbank bestätigte: B. hatte weder einen Schirm noch einen Wintermantel dabei.

Kurz entschlossen stieg er aus, schloss den „Prinz" ab und stapfte los. Durch den hohen Schnee kam er in seinen leichten Halbschuhen nur schwer voran. Und als er endlich an der Telefonzelle eintraf, hatten die Flocken seinen dünnen Anzug völlig durchnässt. Aber immerhin konnte er sich noch rechtzeitig abmelden. Vom Wachhabenden hörte er, dass er nicht der Einzige war, der im Schnee feststeckte.

B. sah sich schon in nassen Klamotten im eiskalten Auto übernachten. Aber als er zu seinem „Prinz" zurückkam, entdeckte er zwischen den querstehenden Fahrzeugen mehrere große Traktoren. Die Bewohner des Dorfes, an dem die Umgehungsstraße vorbeiführte, kannten solche Situationen schon und wussten zu helfen. Die liegengebliebenen Fahrzeuge schleppten sie zu einem Parkplatz und B. fuhren sie in einem Geländewagen nach Hause. Klar, dass sie sich damit ein gutes Trinkgeld verdienten.

B. brauchte sich am anderen Morgen übrigens nicht um seinen „Prinz" zu kümmern: Er wachte mit hohem Fieber und einer schweren Erkältung auf und musste erst einmal das Bett hüten.

Seit dieser Erfahrung achtete B. darauf, dass er bei Fahrten im Winter immer einen Schirm, entsprechendes Schuhwerk und eine wärmende Decke oder einen Mantel im Auto hatte.

So gut wie

Sein Beruf verschlug B. nach Baden-Württemberg. Als gebürtiger Hesse musste er sich dort erst einmal an das schwäbische „Grüß Gott!" und Ausdrücke wie „Heidenei!" und „Ha so ebbes!" gewöhnen.

Schwierig wurde es bei typisch schwäbischen Wortverbindungen, die in B.s Ohren eher widersinnig klangen. Einmal wollte B. mit dem Auto aus einer Parklücke fahren. Eine Frau klopfte gegen die Seitenscheibe, B. ließ das Fenster herunter und die Schwäbin forderte ihn hektisch auf, doch bitte „g'schwind langsam" zu tun. Ihr Mann wollte sein Fahrzeug gleich nach B. in die freiwerdende Lücke einparken. Ein andermal wurde B. gegen Ende eines Umtrunks gefragt, ob er sein Glas jetzt „voll leer" trinken könnte.

Kaum hatte B. sich mit Mühe einige Eigenheiten des schwäbischen Sprachgebrauchs angeeignet, da wurde er auf seinen neuen Tonfall hin angesprochen. In B.s Büro läutete das Telefon. B. meldete sich mit seinem Namen und dem frisch gelernten schwäbischen „Grüß Gott!". Der Anruf kam aus Hamburg. „Sie sind aber auch nicht aus den alten Bundesländern", stellte der Anrufer nach wenigen Wortwechseln fest: „Ihre Sprechweise verrät mir, dass Sie aus dem Osten kommen, aus der ehemaligen DDR!" B. antwortete verwundert: „Ich stamme aber aus Hessen. Dort bin ich geboren und aufgewachsen." Nach einem Moment des Überlegens meinte der Anrufer daraufhin: „Hessen? Na - das ist ja so gut wie!"

Mühlentag

Es war Pfingstmontag. B. und sein Freund Michael hatten sich zum Wandern verabredet. Sie taten das regelmäßig. Sie waren nicht nur Freunde, sondern auch Arbeitskollegen. Beim Wandern verbanden sie das Schöne mit dem Nützlichen: Sie beredeten, wozu sie sonst keine Zeit hatten – Privates, Berufliches, anderes.

Diesmal hatte Michael die Wanderung vorbereitet. Er hatte einen Wandervorschlag aus einer alten Zeitung ausgeschnitten und zwei Kopien davon gemacht. Denn manchmal gingen die Freunde getrennte Wege. Zum Beispiel, weil an einer Abzweigung die Markierung fehlte und sie nicht wussten, in welche Richtung sie weitergehen mussten. Dann nahm der eine diesen, der andere jenen Weg, und wer auf die Markierung traf, rief den anderen zu sich.

Es konnte auch vorkommen, dass die beiden einfach uneins waren – über den Weg oder über ein Thema, das sie gerade besprachen. Auch dann gingen sie manchmal ein Stückweit allein, bis sich ihre Wege wieder trafen.

Je weiter sie an diesem Pfingstmontag vorankamen, desto öfter sahen sie andere Wanderer. Sie überholten und wurden überholt. Vom Berghang aus sahen sie Menschen, die wie Störche durch den Wiesengrund staksten.

Erstes Zwischenziel war eine Mühle. Wie überrascht waren B. und Michael, als sie die Mühle bewirtschaftet vorfanden. Einkehren war immer ein wichtiger Programmpunkt ihrer gemeinsamen Wanderungen. Eine bewirtschaftete Mühle, die an einem Feiertag geöffnet war, hatten sie bisher allerdings noch nicht erlebt.

Und dann sahen sie das große Transparent mit der Aufschrift „Deutscher Mühlentag". Deshalb also die vielen Wanderer, die alle demselben Ziel zustrebten – nein, vielen ähnlichen Zielen, denn an der von Michael ausgesuchten Wanderstrecke standen noch weitere Mühlen und überall stießen B. und sein Freund auf ein ähnliches Bild.

Am Ende des Tages hatten die beiden Dutzende Begegnungen mit Mühlenfreunden hinter sich, obwohl sie eigentlich viel lieber zu zweit geblieben wären. Eines stand für sie fest: An einem Pfingstmontag würden sie sich nicht mehr auf den Weg zu deutschen Mühlen machen. Denn im Internet fanden sie die Information: Pfingstmontag war jedes Jahr Deutscher Mühlentag!

Griff ins Klo

Von einem „Griff ins Klo" spricht, wer einen üblen Fehlschlag oder Misserfolg hinnehmen muss. Aber die Redewendung kann auch eine ganz andere Bedeutung erhalten.

B. war ein Verfechter der Gleichberechtigung. Dabei ging es ihm vor allem um die Emanzipation des Mannes. Doch er sah ein, dass Kochen, Waschen, Bügeln und Putzen sich weder von allein erledigten noch ausschließlich weibliche Tätigkeiten waren. Deshalb beteiligte er sich an der täglichen Hausarbeit. Wenn er an der Reihe war, bereitete er das Frühstück zu, deckte den Mittagstisch oder sorgte für ein deftiges Abendessen. Er konnte die Betten ab- und wieder neu beziehen, die Waschmaschine bedienen, die Wäsche zum Trocknen aufhängen und, wenn es sein musste, auch bügeln. Er wischte Staub und war regelmäßig mit Besen und Schrubber zu Gange. Selbst fürs Putzen von Bad und Gäste-WC teilte er sich ein.

Sehr genau nahm B. es mit der Toilettenreinigung. Er beließ es nicht beim Einstreuen und Einwirken-Lassen des Reinigungs-Pulvers. Zusätzlich nahm er einen Reinigungsschwamm in die Hand und arbeitete sich damit bis in den Knick des Abflusses vor, wo die Toilettenbürste nicht hinkam.

Einmal stieß B. dabei auf einen harten, runden Gegenstand, den er nicht zuordnen konnte. Er fischte das Teil heraus – und seine Überraschung war groß, als er feststellte, worum es sich handelte. Seit dem letzten Kloputztag hatte er seinen Ehering vermisst. Offenbar war der ihm im kalten Wasser unbemerkt vom Finger geglitten. Wie groß war sein Schreck gewesen, als seine Frau ihn darauf angesprochen hatte. Wo hatten sie nicht überall gesucht. Und was hatte der Ring in dieser Zeit nicht alles über sich ergehen lassen, war er doch treu an seinem Örtchen liegen geblieben.

Ein Griff ins Klo genügte, um den verlorenen Schatz zu heben.

Entdeckungstour

B. fotografierte gern. Vor allem auf Reisen hatte er stets einen Fotoapparat dabei. In seinen jungen Jahren war es ein ganzer Fotokoffer mit Spiegelreflexkamera, separatem Blitzgerät, mehreren Objektiven zum Wechseln, einem Stativ und einem Drahtauslöser. Als ihm das alles zu schwer wurde und der technische Fortschritt es möglich machte, beschränkte er sich auf eine Digitalkamera, die er in die Hosentasche stecken konnte. Motive fand er überall: malerische Städte und Dörfer, Schönheiten der Natur.

Von einer lange geplanten Reise nach Venedig versprach sich B. einen Höhepunkt seines Daseins als Amateurfotograf und eine einfühlsame Dokumentation des maroden Zaubers der untergehenden Stadt. Damit, so war er überzeugt, würde er seiner Sammlung selbst gestalteter Fotobücher ein weiteres Glanzlicht hinzufügen. Auf den Spuren von Donna Leons Commissario Brunetti wollte er alles Interessante festhalten, was ihm vor die Linse kam.

Nach der Landung auf dem Flughafen Marco Polo gönnte B. sich eine Fahrt mit dem Wassertaxi, das er schon von Deutschland aus gebucht hatte. Bei herrlichem Sonnenschein genoss er das pfeilschnelle Dahingleiten auf den wogenden Fluten der Lagune und das rasante Umkurven der Stadt auf dem Wasser, immer die Fotokamera im Anschlag. Schon steuerte B.s Chauffeur direkt auf den Campanile von San Marco zu. Je näher sie kamen, umso deutlicher erkannte B. die Vaporettos und Gondeln – für ihn lauter potenzielle Fotomotive. Vorbei am Dogenpalast schnellte das Wassertaxi, verlangsamte kurz darauf abrupt, bog in einen kleinen Seitenkanal ab und legte an. B. steckte die Kamera in die Hosentasche, griff den Koffer und nahm die Stufen zum steinernen Steg. Zwei Hausecken weiter, schon stand er vor dem Hotel, einem kleinen erdfarbigen ehemaligen Palazzo. Nur noch Einchecken an der Rezeption, Hinaufsteigen zum Zimmer, Koffer abstellen – und die Fotosafari konnte beginnen.

Der schattige Arkadenbogen, der markant gepflasterte Markusplatz voll mit Tauben fütternden Menschen und der sonnig beschienene Markusdom im Hochformat waren das Letzte, was der Sucher der Kamera zeigte. Dann blieb das Display schwarz. Was war passiert? Klemmte der Auslöser? War der Akku leer? Glücklicherweise hatte B. Ersatz dabei. Sorgfältig wechselte er den aufladbaren Speicher und drückte vorsichtig den Einschaltknopf. Weder wurde, wie sonst immer, ein leises Summen hörbar noch fuhr automatisch das Objektiv heraus. In einem Fotogeschäft kaufte B. passende Batterien und legte sie ein. Wieder keine Reaktion. Der Händler besah sich den Apparat und schüttelte bedauernd den Kopf. „Ist kaputt!", bestätigte er B.s Befürchtung.

In dieser Situation traf B. eine Entscheidung: Wenn es nicht sein sollte, sollte es nicht sein.

Statt in Venedig einen neuen Fotoapparat zu kaufen, mit dem er sich nicht auskannte, wollte er ohne Kamera auf Entdeckungstour durch die Lagunenstadt gehen. Dann würde es eben keine Aufnahmen von Bord einer Gondel geben und zu Hause kein Fotobuch. B. nahm sich vor, die Bilder in seinem Kopf zu speichern und sie sich in Erinnerung zu rufen, wann immer ihm danach zumute wäre.

Diese Reise nach Venedig wurde für B. nicht nur zu einem der schönsten Urlaube seines Lebens, sondern vor allem zu einem außerordentlich entspannten: Statt ununterbrochen auf der Jagd nach Fotomotiven zu sein, konnte er sich innerlich zurücklehnen und schauen und staunen. Und bei der obligatorischen Gondelfahrt ließ er sich von anderen Touristen ablichten, denen er seine E-Mail-Adresse diktierte und deren Fotos bei seiner Heimkehr schon im elektronischen Briefkasten auf ihn warteten.

Rehragout

B. s Bruder Baldus und B.s Schwägerin Barbara, genannt Babs, lebten am Fuß des Westerwaldes. Dort, wo B. und sein Bruder geboren worden waren. Während B. sein Glück in der Fremde gesucht und gefunden hatte, war Baldus dort geblieben. B. wurde ein Stadtmensch, Baldus fühlte sich auf dem Land wohl.

Im Westerwald gab es viel Wald und viel Wild – und zahlreiche Gasthäuser, die Wildgerichte anboten. Wenn Baldus seiner Babs etwas Gutes tun wollte, fuhr er mit ihr zu solch einer Gaststätte.

Auch am Abend ihres 23. Hochzeitstages steuerte Baldus ein Wild-Restaurant an. Schon bei ihrem Eintreffen duftete es in dem urigen Lokal herrlich nach Wildfleisch. Baldus und Babs setzten sich in eine gemütliche Ecke, studierten die schön gestaltete Speisekarte und entschieden sich schließlich für Rehragout. Da die Küche alle Speisen frisch zubereitete, dauerte es geraume Zeit, bis das Essen serviert wurde. Umso mehr lief den Ehejubilaren das Wasser im Mund zusammen, als das köstliche Ragout endlich auf den Tisch kam. Es war garniert mit Preiselbeeren. Kartoffelkroketten und Rotkohl bildeten die passenden Beilagen. Babs und Baldus genossen den Duft, das Essen, die gediegene Umgebung und ihre Zweisamkeit.

Gut gelaunt stiegen B.s Bruder und Schwägerin zur Heimfahrt in die Familienkutsche. Inzwischen war es Nacht geworden. Die schmale Fahrbahn schlängelte sich einsam durch den stockdunklen Wald.

Das Reh kam von rechts. Es sprang direkt vor die Motorhaube. Baldus konnte weder rechtzeitig stoppen noch ausweichen. Während das

Tier vom Motor erfasst wurde und sofort verendete, blieben Baldus und Babs unverletzt. Und weil ihnen kein anderes Auto folgte oder entgegenkam, geriet auch sonst kein Mensch in Gefahr. Die Polizei nahm den Unfall auf und meldete ihn dem Förster. Die Regulierung des Sachschadens — es war ein wirtschaftlicher Totalschaden — übernahm die Kasko-Versicherung.

Dauerhafte Folgen hatte der Wildunfall für B.s Bruder und seine Frau trotzdem. Der Geruch von verschmortem Rehfleisch blieb ihnen für immer in ihrer Erinnerung haften. Auch fuhren sie seitdem nachts im Wald noch vorsichtiger als zuvor. Und wenn sie danach wieder mal in einem Wild-Restaurant einkehrten, bestellten sie nie mehr Rehragout, sondern nur noch Wildschweinbraten.

Schöner wohnen

Seit der Geburt seines ersten Sohnes war B. schon zweimal mit seiner Familie umgezogen. B.s Kinder wussten also, was es bedeutete, eine neue Wohnung für den Einzug vorzubereiten. Sie hatten das Lasieren und Lackieren von Fenstern und Türen beobachtet, beim Tapezieren und Anstreichen der Wände und Decken zugeschaut, waren beim Bodenlegen dabei gewesen und hatten bei kleineren Arbeiten auch selbst mit Hand angelegt. Schließlich hatten sie die Ausstattung der Kinderzimmer mit Möbeln, Lampen und Gardinen mitbestimmen dürfen.

B.s ältester Sohn war ein eifriger Sonntagsschüler. „Sonntagsschule" hieß der Kindergottesdienst in der eigenen Kirchengemeinde.

Viele Kinder – auch anderer Konfessionen – nahmen daran teil. Zentraler Inhalt war das Hören biblischer Geschichten. B.s Ältester passte in der Sonntagsschule gut auf, merkte sich kleinste Einzelheiten und machte sich seine Gedanken dazu.

Eines Sonntags ging es in der Sonntagsschule um die biblische Geschichte, in der Jesus berichtete, in seines Vaters Haus seien viele Wohnungen; er werde hingehen, um den Seinen die Stätte zu bereiten. Am Mittagstisch setzte B.s Ältester seiner Familie auseinander: „Jetzt ist Jesus schon seit 2000 Jahren dabei, die Wohnungen für uns vorzubereiten. Was müssen das für schöne Wohnungen sein!"

Glückssache

B. s jüngster Sohn, der kleine Malte, war ein Spieler. Und das war kein Wunder, denn er war in eine Familie von Spielern hineingeboren. Gespielt wurde nicht etwa in Kasinos um Geld. Nein, es ging um das harmlose Geklapper von Würfeln und Austeilen bunter Spielkarten daheim in der guten Stube – nach getaner Arbeit oder am Sonntagnachmittag, wenn es draußen regnete und der Sonntagsspaziergang ausfiel. Die größeren Geschwister ließen sich auch von Geduls- und Kombinationsspielen reizen. Malte aber, sobald er dazu in der Lage war, würfelte am liebsten. Immerhin waren Würfelspiele wie „Kniffel" oder „Macke" reine Glückssache. Da hatte Malte dieselben Chancen wie die Großen.

In seinem Spieleifer lernte Malte ganz nebenbei das Zählen der Punkte auf den Würfeln, das Schreiben der Zahlen und sogar das Zusammenrechnen.

Nun waren die Spiele, die der kleine Malte spielte, wie gesagt reine Glücksspiele. Aber auch das Glück kann man herausfordern, wenn es einem nur ernst genug damit ist. Jedenfalls hörte B. eines Morgens eine gute Stunde vor dem Aufstehen ein seltsames Geräusch. Er wollte der Sache auf den Grund gehen und staunte nicht schlecht, als er im Wohnzimmer seinen Jüngsten beim Würfeln antraf. Neben ihm lag ein „Kniffel"-Block, in den er fein säuberlich jede Menge Zahlen eingetragen hatte. „Was machst du denn da?", wollte B. wissen. Wie aus der Pistole geschossen antwortete Malte: „Das siehst du doch: Ich übe!"

Als der kleine Malte groß war, spielte er „Pokémon Go". Sein Vater hatte von diesem Spiel keine Ahnung. Er wusste nur: Malte brauchte dafür keine Würfel, sondern ein

Smartphone – und im Zweifelsfall genauso wenige Mitspielerinnen und Mitspieler wie einst beim „Kniffel"-Üben.

Eselsbrücke

In seinem Beruf hatte B. es mit vielen Menschen zu tun. Im eigenen Unternehmen gab es immer wieder Personalwechsel. Vor allem die Praktikanten kamen und gingen. B. war es trotzdem wichtig, sie mit Namen anzusprechen. Das gelang ihm in aller Regel auch, und zwar mit Hilfe von Gedankenverknüpfungen, so genannten Eselsbrücken.

Einer der Praktikanten trug den Namen Seltmann. Als er sich vorgestellt hatte, meinte B.: „Diesen Namen kann ich mir gut merken – ich brauche ja nur an Porzellan zu denken." Die bayerischen Porzellanfabriken Christian Seltmann sind als „Seltmann Weiden" weithin bekannt.

Tatsächlich kam es schon nach wenigen Tagen zu einer erneuten Begegnung und B. überlegte laut: „Da war doch was mit Porzellan. Ach ja, ich hab's: Guten Tag, Herr Meißner!" Praktikant Seltmann schüttelte bedauernd den Kopf. Aber er nahm die Verwechslung nicht übel. Immerhin war die Manufaktur im sächsischen Meißen seit 1710 die erste und lange Zeit führende Porzellan-Manufaktur Europas.

Montagsdame

Ich bin eine Montagsdame", erklärte B. eine Frau mittleren Alters. B. hatte keine Ahnung, was er sich darunter vorstellen sollte. Aber schon bei der ersten Begegnung schätzte B. die Frau als einen Menschen ein, der mit beiden Beinen auf dem Boden stand, zupacken konnte – und das auch tat, wenn Not am Mann beziehungsweise an der Frau war.

Mit dieser Einschätzung lag B. völlig richtig, wie sich beim näheren Kennenlernen der Montagsdame herausstellte. Erst kurz zuvor hatte sie ihren Beruf an den Nagel gehängt und sich eine ehrenamtliche Tätigkeit gesucht. Ihr Tätigkeitsfeld war ein Krankenhaus der Diakonie.

Dort half sie neu ankommenden Patientinnen und Patienten beim Ausfüllen der Aufnahmepapiere, begleitete sie zur Station, half ihnen beim Auspacken von Koffern oder Reisetaschen, stellte ihnen die zuständigen Krankenschwestern und -pfleger vor und bot ihnen für die Tage des Aufenthaltes ihre weiteren Dienste an. Dabei handelte es sich weder um medizinische noch um pflegerische Leistungen. Vielmehr besorgte die Montagsdame Lesestoff, schenkte Kaffee aus oder stellte sich ganz einfach als Gesprächspartnerin zur Verfügung.

Um sich schon rein äußerlich von den Ärzten und Pflegekräften zu unterscheiden, trug sie einen grünen Kittel. Und wie B. bei einem Besuch im Krankenhaus feststellen konnte, war seine Bekannte nicht die einzige „Grüne Dame" dort. Es gab sogar viele – und auch einige „Grüne Herren".

Aber warum Montagsdame? „Ganz einfach", klärte seine Bekannte B. auf: „Ich komme immer montags. Dienstags kommen die Dienstagsdamen, mittwochs die Mittwochsdamen und so weiter. Nur am Wochenende arbeiten keine Ehrenamtlichen im Krankenhaus."

Dass sie immer montags kam, betrachtete B.s Bekannte vor allem als Vorteil: „Ich kenne die anderen Montagsdamen. Wir sind ein eingespieltes Team. Wir tauschen uns regelmäßig aus und können uns auch mal gegenseitig vertreten."

Allerdings hatte es einen Nachteil, dass die Ehrenamtlichen immer am selben Wochentag aktiv waren: In der Krankenhauskantine wiederholte sich alle sechs Wochen der Speiseplan. Und weil die Montagsdamen immer nur montags kamen, wiederholte sich für sie auch alle sechs Wochen das Montags-Menü. Nie bekamen sie zum Beispiel ein Schnitzel auf den Teller, weil es das nur dienstags gab.

Wäre B. jemals auf die Idee gekommen, ein „Grüner Herr" zu werden, hätte er sich für den

Dienstag gemeldet. Er wäre dann ein Diens-
tagsherr geworden. Und alle sechs Wochen
hätte er sich auf ein Schnitzel freuen können.

Hohes Alter

Diakonissen sind so etwas wie evangelische Nonnen. Sie können sehr alt werden, ohne ihren Humor zu verlieren. Ob das an ihrer Berufung liegt? Diakonissen haben ihr Leben Gott geweiht. Oder liegt es an ihrer Lebensweise? Diakonissen heiraten nicht. Äußerlich erkennbar sind sie an ihrer Tracht, einschließlich ihrer Haube, und an ihrer Brosche.

Als Mitarbeiter in einem Diakoniewerk lernte B. viele Diakonissen kennen. Eine war 106 und immer noch flink auf den Beinen.

B.s ältester Sohn war über 30, als er im Internet las, dass Menschen seiner Generation 130 Jahre alt werden konnten.

Das berichtete B., zu diesem Zeitpunkt selbst schon über 60, einer Diakonisse, der Schwester Irmingard. „Ich weiß natürlich nicht, ob ich es noch erleben werde, wenn mein Sohn 130 wird", fügte B. augenzwinkernd hinzu. Schwester Irmingard, längst über 90, erwiderte trocken: „Aber wenn, dann erzählen Sie es mir!"

Zähne und Schönheit

Regelmäßig Ende November oder Anfang Dezember ging B. zum Zahnarzt. Vor den Festtagen gehörte das für ihn dazu wie Tannenduft, Plätzchen backen oder Haare schneiden. An Weihnachten wollte B. unbedingt schöne Zähne haben.

„Professionelle Zahnreinigung" empfahlen die Fachmediziner mindestens einmal jährlich zur Vorsorge. Die gesetzliche Krankenkasse trug die Kosten zwar nicht, aber die private Zusatzversicherung übernahm die Hälfte. Und die Werbung versprach, dass danach die Zähne „wieder lächeln" würden.

Im Anschluss an diese Behandlung verabschiedete B. sich stets mit besten Wünschen für das Christfest und das neue Jahr. Doch diesmal hob der Zahnarzt warnend den Zeigefinger: „Die meisten, die das so früh sagen, kommen noch vor Heiligabend wieder!"

Eine Woche vor Weihnachten bekam B. das Gefühl, dass mit seinen Zähnen etwas nicht stimmte. Zwischen einer Backenzahn-Krone rechts unten und dem scheinbar gesunden Backenzahn daneben blieben nach dem Genuss von Nüssen und Gebäck einzelne Krümel stecken und reizten das Zahnfleisch unangenehm. Zahnstocher halfen nicht, sie brachen ab. Zahnseide riss an einer scharfen Kante, die vorher nicht dagewesen war.

Vor dem Fest hatte der Zahnarzt zwar keine freien Termine mehr, aber er nahm B. als Notfall trotzdem dran. Es stellte sich heraus, dass von dem Backenzahn tatsächlich ein Stück abgeplatzt war. Und nach dem Aufbohren erkannte der Zahnarzt als Ursache eine kariöse Erkrankung, die er mit einer Füllung verschließen musste.

Dicke Birnen

„Wollen Sie eine Kunststofffüllung oder Amalgam?", fragte der Zahnarzt und erklärte: „Kunststoff kostet Sie 39 Euro, die Krankenkasse übernimmt nur die Kosten der Amalgamfüllung."

„Kunststoff – für die Schönheit?", fragte B. „Ach wissen Sie", meinte der Zahnarzt, „ich habe einen Patienten, der hat ein Glasauge, er humpelt und ist außerdem ziemlich klein von Gestalt. Aber seine Frau ist 36 Jahre jünger als er und eine wirklich hübsche Person. An seiner Schönheit kann es in diesem Fall nicht liegen." „Also hat er eine Menge Geld?", platzte B. heraus. Der Zahnarzt nickte schmunzelnd: „Das nehme ich an."

Nach diesem Wortwechsel ließ sich B. sein Zahnloch ohne weitere Diskussion mit Kunststoff füllen. An 39 Euro sollte die Schönheit nicht leiden.

Der schönste Baum

B. s Wohnzimmer war eindeutig zu klein geworden: Entweder blieb für seine vier Kinder nicht genügend freie Fläche zum Spielen oder es gab keinen Platz mehr für den Weihnachtsbaum – jedenfalls nicht für die mannshohe Tanne, die B. zum Christfest aufstellen wollte. Mussten nun die Kinder am Heiligen Abend nach der Bescherung das Weihnachtszimmer verlassen, um mit ihren Geschenken spielen zu können? Oder sollte man ein kleineres Bäumchen wählen, das sich auf ein Möbelstück stellen ließ? Oder wäre gar der komplette Verzicht auf einen Baum die Lösung?

B. überlegte hin und her und diskutierte das Problem auch mit den Kindern. Auf den Baum zu verzichten kam für sie überhaupt nicht infrage. Und sie wollten einen „richtigen" Christbaum, also einen großen. Da kam Malte, der Jüngste, auf die Idee: „Stellen wir den Weihnachtsbaum doch einfach auf den Balkon! Dann sehen wir ihn am Heiligen Abend durch die Glastür und haben im Zimmer immer noch genug Platz zum Spielen."

Gesagt, getan. Der Balkon war sowieso der Ort, an dem der frisch geschlagene Weihnachtsbaum alljährlich bis zum Fest abgelegt wurde. Diesmal stellte B. ihn gleich dort in den Christbaumständer und versah ihn pünktlich zum ersten Adventssonntag mit einer Lichterkette.

Über eine Zeitschaltuhr gesteuert, leuchtete der Tannenbaum jeden Morgen und jeden Abend im vorweihnachtlichen Glanz. Und am Vormittag des 24. Dezember durfte ein Familienmitglied Christbaumkugeln, Engel und Strohsterne aufhängen, damit der Baum am Heiligen Abend in voller Pracht erstrahlte.

Dicke Birnen

Diese Tradition wurde beibehalten, als die Kinder aus dem Haus waren und im Wohnzimmer keine freie Fläche zum Spielen mehr gebraucht wurde. Auf diese Weise hatten B. und seine Lieben, aber auch die Nachbarn im Haus gegenüber, schon während der gesamten Adventszeit Freude an dem Christbaum. Und wenn am Ende der Weihnachtszeit der Baum abgeschmückt und zur Sammelstelle getragen wurde, war er nicht abgenadelt, sondern sah immer noch so schön aus wie frisch geschlagen.

Der Autor

Jahrgang 1954. In Hessen geboren und aufgewachsen. Journalistische Ausbildung an einer mittelhessischen Tageszeitung sowie am Deutschen Institut für publizistische Bildungsarbeit. Redakteur an Tageszeitungen in Hessen, Rheinland-Pfalz und Baden-Württemberg. Zehn Jahre leitender Redakteur einer kirchlichen Zeitschrift in Stuttgart. 15 Jahre Referent für Öffentlichkeitsarbeit eines diakonischen Trägers in Nürnberg. Lebt in Plauen/Vogtland. Der Name Bruno Busch ist ein Pseudonym.

Schreiben Sie dem Autor:

Bruno.Busch@gmx.eu

Mensch sind wir que(e)r –
Satirische Monologe (2022)

Quer durch den bunten Garten alltäglicher Ungereimtheiten von A wie Abkürzungen über M wie Mitesser bis W wie Wintertulpen führt diese Sammlung satirischer Monologe – mal heiter, mal mehrdeutig, mal schräg.

Taschenbuch	ISBN 978-3-00-072528-9	7,00 €
E-Book	Kindle & tolino	3,99 €

NÜRNBERGER MIT PIEP
& andere Geschichten (2020)

Nürnberger Rostbratwürste, die in Rauch aufgehen, Bayreuther Festspiele, bei denen eine Smokinghose platzt, eine junge Familie, die unerwartet Zuwachs bekommt – Kuriositäten & Merkwürdigkeiten des täglichen Lebens. Für jedes Lesealter von 9 bis 99.

Taschenbuch	ISBN 978-3-00-065404-6	7,00 €
E-Book	Kindle & tolino	3,99 €

Ebenfalls von Bruno Busch erschienen:

Eine Socke zu wenig –
Geschichten von B. auf dem Jakobsweg (2019)

„Buen Camino!" – Guten Weg! Das ist der Gruß, den sich Menschen zurufen, die auf dem Jakobsweg pilgern. Heitere, aber auch zum Nachdenken anregende Geschichten, erlebt von B. und seinem Pilgerbruder Hans.

| Taschenbuch | ISBN 978-3-00-062423-0 | 7,00 € |
| E-Book | Kindle & tolino | 3,99 € |

Das angeknabberte Jesuskind –
Weihnachtsgeschichten von B. (2019)

Ein Junge, der vor der Bescherung in Ohnmacht fällt, ein Jesuskind, das den Kopf verliert, oder ein Vater, der nicht mit seiner Familie feiert – 24 Geschichten, garniert mit einem Back- und einem Kochrezept.

Für jedes Lesealter von 9 bis 99.

| Taschenbuch | ISBN 978-3-00-063552-6 | 7,00 € |
| E-Book | Kindle & tolino | 3,99 € |